BIBLIOTHÈQUE DU " MERCURE POITEVIN "

JAN DUC

Lettres Poitevines

NIORT

BUREAUX DU « MERCURE POITEVIN »

23, RUE DES FOSSÉS, 23

1900

LETTRES POITEVINES

BIBLIOTHÈQUE DU " MERCURE POITEVIN "

JAN DUC

Lettres Poitevines

NIORT

BUREAUX DU « MERCURE POITEVIN »

23, RUE DES FOSSÉS, 23

1900

LETTRES POITEVINES

A MADAME ...

LETTRE I

MADAME,

La voici, cette lettre que vous attendez, disiez-vous encore hier, avec tant d'impatience. Voici, mais jamais je
n'écrirai lettre plus singulière, celle que vous définissez: une
lettre que liront des indiscrets ; privée et publique à la fois :
deux termes contradictoires que je dois réduire au même
dénominateur.

Je veux me remettre en mémoire les circonstances qui
ont accompagné la naissance de votre idée, les expressions
même de la conversation pendant laquelle je me suis engagé à vous écrire. Si je ne fixe pas la physionomie de cette
idée, si je n'obtiens pas un cliché exact, je risque fort d'en
perdre l'impression si vive, mais si fugitive, et de me trouver,
par là même, en détresse dans quelque sente écartée, hors
du chemin qui mène à sa réalisation.

Il y a une quinzaine de jours environ, je suis allé vous
rendre visite, vous veniez de recevoir une lettre que vous
lisiez encore lorsque je suis entré. Un de vos parents, lieutenant au 2e malgache, vous donnait force détails sur Madagascar et sur la vie qu'on mène là-bas. Vous avez voulu que
je lise à mon tour.

— N'est-ce pas que c'est gentiment tourné, m'avez-vous dit,

et, sans attendre ma réponse, — et vous, voyons, que faites-
vous ? Le Mercure Poitevin. quand paraît-il ?

— Mais prochainement, le 1er Juillet.

— Avec quelque chose de vous, bien entendu ?

— Oui.

— Peut-on être admise au secret des Dieux ? Quel est le
sujet ? Quel titre, votre futur chef-d'œuvre ?

— Ah ! voilà.... je voudrais chaque mois, parler du Poitou
aux lecteurs du Mercure. Notre province a un passé, au passé
se rattache le présent ; dans le présent se cache l'avenir. Il
s'agirait de revoir le passé, de juger le présent, d'entrevoir
l'avenir. La province est morte, dit-on, mais non, elle dort,
Je ne crois pas à la mort d'un pays en tant que terre ethno-
graphique. Je crois à une évolution latente qui se fait jour
par jour, sourdement, et dont l'effet éclate brusque, tout d'un
coup. Notre torpeur est grande, c'est vrai, mais pas plus
grande que celle des autres provinces. La cause vous la
connaissez : l'absorption par Paris de tout ce qu'il y a de
meilleur en nous, de notre moelle, de notre énergie. Mais
Paris lui-même, réfléchissez, le croyez-vous dans un parfait
état de santé ? Paris est malade, et son mal est parallèle au
nôtre. Si la consomption est visible chez nous, la congestion
ne l'est pas moins chez lui. Une saignée est nécessaire. Le
trop plein doit s'échapper un jour ou l'autre et se répandre.
C'est à nous à comprendre et à nous préparer. Une partie de
ce qui était à nous, nous reviendra, augmentée d'éléments
étrangers, de terres d'alluvion grâce auxquels les germes de
notre terroir richement engraissé, se réveilleront et grandi-
ront et se manifesteront avec une force et sous un aspect
que nous ne soupçonnions pas.... Mais je vous ennuie, n'est-
ce pas ? Mes présents, mes passés, mes futurs, mon évolution, et ceci, et cela, vous semblent tant soit peu sentir la
grandiloquence. A ce propos, comment éviter cette pompe
du discours dans l'exposition de mon chef-d'œuvre (chef-
d'œuvre est joli, c'est de vous), comment le présenter au
lecteur sans avoir l'air guindé, tendu d'un professeur à
thèse qui parle *ex cathedrâ* ? Je voudrais, tout en gardant

par devers moi mon idée mère, prendre libre allure, marcher, courir, revenir sur mes pas, m'arrêter si je suis fatigué, repartir au galop, m'amuser chemin faisant si telle est ma fantaisie, enfin n'avoir rien du Monsieur solennel, mais ennuyeux comme la pluie. A défaut d'intérêt dans mes dissertations, je voudrais donner au moins le spectacle de mouvements agiles et même risqués, semblables à ceux d'un gymnasiarque qui fait passer la petite mort dans le dos et provoque cette question-désir : ne va-t-il pas bientôt se casser le col ?

Un bon conseil, les femmes sont intuitives, où trouverai-je un cadre sans apprêt, commode et léger pour limiter mes coups de pinceau, mes esquisses, mes nuances fragiles. Dites, qu'en dites-vous ?

Alors, je me rappelle, votre regard m'a quitté ; il est devenu muet. Vous avez déposé votre broderie sur votre table à ouvrage, et en échange, vous avez repris la lettre du malgache, sans l'ouvrir.

Bouches closes, nous sommes bien restés deux minutes, j'attendais.

Puis, subitement, avec vos yeux sur les miens vous avez dit : écrivez-moi.

Vous écrire ? comment ? pourquoi ? où cela ? pourquoi cela ?

— Oui écrivez-moi ce que vous vouliez écrire sur le Poitou. Écrivez, mais à moi toute seule. Ne vous préoccupez pas de votre article, je m'en charge, je transmettrai au Mercure... Votre article sera cette lettre....

— Mais...

— La lettre de mon malgache est intéressante ?

— Oui, certainement.

— Pourquoi la vôtre ne le serait-elle pas ? Elle le sera, si vous avez le don. Le Poitou vaut bien Madagascar, j'imagine, mieux même. Le don consiste à écrire sans s'occuper du lecteur tout bonnement et tout simplement.

J'avoue que sous ce rapport le lieutenant n'a pas eu le mérite que vous aurez, parce qu'il ne pouvait supposer l'indiscrétion d'un tiers.

Voyons, toute la question est là... Vous, sentez-vous capable d'agir en faisant abstraction de la galerie ? Arriverez-vous à donner à vos lecteurs la sensation d'être indiscrets, à leur procurer l'illusion d'écouter aux portes et de manger du fruit défendu ? Dame... Consultez-vous, pas de phrases cliché prises à gauche et à droite, je déteste les gens à style... se faire un style ! Je ne peux pas pas souffrir les gens qui se glissent dans un costume d'emprunt ou qui achètent un vêtement tout fait à la Belle Jardinière... Tenez j'aime le crapaud !

— Vous aimez le crapaud ? quelle idée ! et pourquoi pas le serpent aussi ?

— Je dis crapaud comme je dirais un animal quelconque. Ne m'interrompez pas ! Eh bien ! oui ! j'aime le crapaud parce que crapaud il est, crapaud il reste. Cette façon de se traîner, de s'aplatir c'est sa manière d'être, à lui ! voilà un animal auquel il serait facile de se faire prendre pour une grenouille. Eh ! bien non, il se contente de lui ressembler. Un animal n'est jamais laid parce qu'il n'est jamais ridicule. Il n'y a que la grenouille de la fable qui l'ait été et vous savez ce qui lui en coûta. C'est elle qui était laide !.... Soyez ce que vous êtes, ce que vous êtes habituellement avec moi qui vous connais, et je vous promets que le nombre de vos amis augmentera : je ne vous promets pas que le nombre de vos ennemis n'augmentera pas également, remarquez. Ce que vous écrirez plaira ou ne plaira pas, comme votre personne plait ou ne plait pas. Et... Pourquoi riez-vous ? vous avez un air narquois. Ce que je dis est donc si drôle... Ah ! le crapaud ?... Et je fais peut-être de la littérature moi-même sans m'en apercevoir.... Bien, bien, je me tais. Vous avez mon idée d'ailleurs, arrangez-vous. Ensuite, qu'ajouterai-je de plus ?

Oh !... madame, vous étiez émue... un peu d'irritation... vos yeux brillaient.

Il était tard, je me suis levé, et alors sur l'impulsion du moment, je me suis engagé à suivre votre conseil.

Madame, vous ne pouvez vous figurer combien cette

tension me fatigue : avoir un œil ouvert et l'autre fermé. Je vous écris et je vous vois. Le public, je ne le vois pas, mais je le sens. Je n'ai pas le courage d'aller plus loin. Du Poitou, je vous parlerai dans ma prochaine lettre, si toutefois la présente produit sur vous bonne impression. Sinon — j'arrête les frais, et vous ne saurez plus que de vive voix, combien vous avez en moi un dévoué, bien dévoué ami et obéissant serviteur.

Juillet 1898.

JAN DUC

LETTRE II

Madame,

Ne pas savoir où l'on est, ne pas savoir où l'on va ; craindre une dent, craindre une flèche, craindre la faim, craindre la soif, craindre de s'égarer pour toujours à travers les savanes ou les forêts vierges et persister quand même, dans la volonté d'atteindre le but rêvé, et vivre dans l'espoir d'entendre un jour la douce voix de l'homme, il paraît que c'est terrible et délicieux. — En vous écrivant, je me sens l'âme d'un Stanley ; j'éprouve une émotion d'anxiété espérante. — A part le petit coin que j'habite, et les minces événements auxquels je suis forcément mêlé, le Poitou m'est aussi inconnu que le sol mystérieux d'Afrique peut l'être à l'explorateur, en dehors de son campement. Je ne connais pas le premier mot de ce que j'ai à dire. Qu'est-ce que je vais vous dire ?... C'est terriblement délicieux... A l'aventure !...

Le joueur et le chasseur ont . . . .

L'origine des Poitevins se perd dans l'antiquité la plus reculée. Cette province fut longtemps sous la domination des Gaulois. Jules César la soumit à l'empire Romain. Les Goths, Vandales et Visigoths s'en rendirent maîtres et la possédèrent jusqu'au règne de Clovis..... Eh ! eh ! me voilà parti : je savais bien que je m'en tirerai. — Figurez-vous qu'au moment, où j'étais arrêté aux bagatelles de la porte, j'avise un énorme in-folio couché sur mon bureau: *Dictionnaire historique et géographique*. Je l'ouvre à la lettre *P* : *Poitou*, et je lis ce que vous venez de lire. C'est de l'histoire, cela, Madame, de la véritable science ! Cette science-là est à la portée de tout le monde ? Oui, Madame, et de tous les savants. Croyez-vous que nos érudits opèrent autrement dans leurs dissertations étonnantes ? Ils feuillettent et extraient, mais moins ingénus que moi, ils se gardent bien d'indiquer les sources de leurs renseignements. Dans tous les cas, avoir remué pour vous cette machine pesante, par la température actuelle, n'est pas d'un petit mérite, avouez-le.

Bon ! voilà une pile de journaux à terre ! Je n'en fais jamais d'autres. Quel encombrement sur ma table ! Il ne reste juste que la place de mon encrier, de ma plume et de mon papier. Dans mon ardeur à rétorquer vos objections supposables j'ai esquissé un mouvement d'éloquence préjudiciable à ce tas de gazettes de par ici... Tiens ! une idée... voulez-vous me permettre de les ramasser et d'y jeter un rapide coup d'œil ? On peut y découvrir quelque chose de plus récent que l'origine des Poitevins et de plus intéressant pour vous qui me disiez, l'autre jour, « C'est très beau, les choses anciennes, mais c'est si vieux ! surtout parlez-moi de mon voisin ». Vous êtes servie à souhait, *Fêtes de la Saint-Jean !* C'est jeune puisque le journal qui les mentionne est daté du 21 juin 1898 et c'est vieux aussi : ces fêtes-là nous ont été léguées par nos ancêtres, de père en fils. Elles sont aussi âgées que l'établissement de la chamoiserie, une industrie qui remonte à je ne sais quelle époque. On dit que le plus ancien registre que possèdent nos archives municipales sur ce chapitre est du mois de janvier 1513. *Fêtes de la Saint-Jean !* Mais je tiens un succès. Je suis certain de vous intéresser maintenant : vous y étiez. Oui, Madame, je vous ai vue deux fois ! une fois à l'illumination du soir, le 23, et le lendemain, à la messe des chamoiseurs. Vous ne m'avez pas aperçu, je crois du moins : la foule était trop compacte. Et cependant, comme je ne vous perdais pas des yeux, vous vous êtes retournée de mon côté mais... savez-vous que vous étiez splendide, enveloppée des lueurs du feu de joie ; vous aviez l'air d'une salamandre.

Pour ma part, j'ai goûté une soirée de prédilection, debout, immobile, les sens seuls en mouvement, sollicités par les figures qui passaient, par les sons qui cascadaient, par les couleurs qui éclataient. Qu'il suffirait de peu pour faire d'une fête semblable une fête magique, une fête de rêve. Il suffirait de répandre des lanternes vénitiennes à profusion sur l'eau, au bas, et sur la verdure en amphithéâtre du jardin public.

Avez-vous été photographiée, le jour de la Saint-Jean, à l'issue de la messe des chamoiseurs ? J'ai examiné le cliché de M. Ménard, mais je n'ai pas pu vous y distinguer. Vous avez dû être objectivée, cependant, car vous n'étiez pas loin du petit saint Jean, du petit mouton et de la corporation étagés sur les marches de l'église, dans un groupe à effet. Par contre, vous n'avez pu assurément entendre le discours de M. Noirot qui présidait le vin d'honneur. On ne peut avoir tout. Une photographie vaut bien un discours. Saviez-vous que M. Noirot descend des *Main*, célèbres dans les annales de la chamoiserie niortaise ? Un de ses ancêtres, Thomas-Jean Main, en 1764, à l'âge de vingt ans, entreprit un voyage en Angleterre pour s'approprier un secret de fabrication peaussière, appartenant à nos voisins d'outre Manche. C'était de bonne guerre : il risquait sa vie. Reconnu, il aurait été pendu haut et court. Il est mort dans son lit, en France, après avoir doté notre industrie d'un avantage nouveau. Un tel citoyen mériterait une statue sur une de nos places publiques : il n'en a pas !

Vous avez eu tort de ne pas venir à la soirée de la Croix Rouge, le 28 juin — Voyons, avec un peu de bonne volonté !... Vous aviez la migraine ?... Raison de plus. Je mets en fait qu'une migraine ne tient pas devant un spectacle attrayant ; et puis votre toilette beige aurait joué si bien sa partie avec les toilettes élégantes que les dames avaient arborées pour la circonstance. La pièce de *Cyrano* de *Bergerac* est une souricière qui prend tout de suite la petite souris ; j'entends, par souris, l'âme française. L'âme française ne résiste jamais à l'appât de l'esprit, de l'originalité et de la bravoure, trempé dans de la mélancolie. Oh là là ! on en raffole... Vous avez lu la pièce, n'est-ce pas ?

N'est-ce pas que j'ai bien fait de préférer la fête de Ligugé à la fête du 14 juillet, à Niort ? Une fête banale qui se présente sous le même aspect dans toutes les villes : coups de canon, revue des troupes, jeux de village, courses de bicyclettes, drapeaux, lampions, fusées. Je ne suis pas allé directement à Ligugé, j'avais affaire à Poitiers d'où j'ai ramené un de mes amis. Nous avons stationné à Saint-Benoist, attendant le train de Niort de midi cinq, qui nous amenait un autre ami. Ayant assisté, avant son départ, à la revue sur la place de la Brèche, il devait en avoir une impression toute fraîche. Je me suis empressé de l'interwiever. — Nos hussards ont-ils été brillants ? Très brillants, m'a-t-il répondu, mais pas si brillants que les pompiers. Demandez plutôt à monsieur mon fils (un gamin de 3 ans), j'avais beau lui dire : « Regarde donc les chevaux comme ils vont vite ! Tiens ! voilà le colonel... le général !... C'est ce monsieur qui a une culotte blanche et un chapeau de gendarme... Mon fils, le drapeau !... ah bien oui !... pompiers ! veux voir pompiers, papa, beau, beau, pompiers... Toujours les pompiers ». Le fait est que notre compagnie est superbe... le soleil est éblouissant sur les casques d'or.

Ligugé était rempli d'étrangers, de Niortais et de Poitevins de Poitiers, quelques Parisiens (en signe des temps). On se dirigeait vers les bords du Clain. Nous avons suivi le mouvement et nous avons atteint une prairie où se donnait la représentation en plein air. Le décor était joli : Au fond, des peupliers devant lesquels on avait construit un rocher artificiel et, derrière les spectateurs, debout, assis ou couchés sur l'herbe, courait la ligne de chemin de fer que dominaient le clocher et les bâtiments de l'abbaye. La foule bigarrée était pointée de distance en distance des robes noires de bénédictins empressés.

2

Après une agréable causerie de M. Gustave Boucher, le spectacle a commencé : un acte extrait du *Mystère de Saint Martin*, par Dom Chauvin, le 4ᵉ tableau, qui a trait au séjour du Saint à Ligugé. C'est une nouvelle tentative du théâtre en plein air. Elle n'est pas heureuse, nullement comparable à ce que nous avons vu à Salbart et à la Mothe. La lecture du mystère en entier est intéressante mais la représentation ne donne pas grand'chose. Pourquoi ? Je n'en sais rien. Je constate. Le théâtre en plein air exige un mouvement particulier. Il s'agit de le trouver. Quoi qu'il en soit, le Mystère de Saint Martin a été l'occasion pour moi d'une séance à l'ombre, à mon aise, en face d'un site pittoresque, au milieu des senteurs des champs, des prés et des bois. Ne pensez-vous pas que c'est appréciable. Je ne regrette nullement ma journée, loin de là. Vous n'auriez pas pu en dire autant, le soir des Courses de Niort. Étiez-vous assez fatiguée ce soir-là. Votre bonne humeur habituelle était absente, au point de juger la mienne intempestive. Vous auriez partagé ma gaîté si vous aviez, comme moi, en dehors du soleil, de la poussière et du bruit, contemplé, du haut d'une fenêtre, les revenants de la prairie de Nauron, en considérant les courses par leur seul côté réellement original et amusant. Il m'a semblé que le défilé était moins chic que d'ordinaire, beaucoup de piétons, de bicyclettes, de véhicules d'aspect hétéroclite, très peu d'équipages. La poésie des moyens de transport s'en va. On vend ses chevaux, on se défait de sa carrosserie et on achète une machine quelconque. *Ceci tuera cela*, on pourrait bien dire aussi *cela tuera ceci*. On reviendra à la plus noble conquête de l'homme, vous verrez, ou vous ne verrez pas, mais on verra. L'éclosion de cet aphorisme, est provoquée chez moi par la lecture d'un journal qui communique le résultat des fouilles que l'on vient de pratiquer à Louin, dans les environs d'Airvault.

On a mis à découvert un hypogée d'époque très lointaine et deux sarcophages dans lesquels habitaient deux squelettes maigres et inoffensifs. Voici des malheureux que l'on avait

soigneusement enterrés au ive siècle et que l'on déterre
non moins soigneusement au xixe. Je ne puis m'empêcher
de songer que, dans une quinzaine de cents ans, on nous
jouera peut-être le même tour. Nous passerons à l'état de
curiosités dans un musée des Antiques. Je vous demande
pardon de cette plaisanterie macabre et d'un goût douteux,
conséquence, je crois, de l'usage trop prolongé de ma
plume. Elle commence à s'énerver et à dire des absurdités.
Je l'arrête à temps. Qu'elle me permette seulement de signer :

Votre dévoué et respectueux,

JAN DUC

P.-S. — Oublier sainte Macrine, après avoir promis de ne
pas le faire ! c'est impardonnable ! Heureusement qu'à la
minute de vous envoyer cette lettre, je m'en aperçois, je
peux encore réparer ma faute.

Je ne vous parlerai pas du dernier pèlerinage, le 6
juillet. En qualité de fidèle de la Sainte, vous y avez pris
part. Je n'y assistais pas. Vous en savez donc plus long
que moi à ce sujet. J'ai recueilli pour vous quelques renseignements historiques et légendaires. (Mon fameux dictionnaire n'y est pour rien, il est muet en la matière.) Je les
dois à la bibliothèque de Niort et à l'obligeance d'amis
compétents, les voici :

Comme toujours, les savants ne sont pas d'accord ; les
uns font naître sainte Macrine en Espagne, les autres aux
bords de la Sèvre. Dom Chamard prétend qu'elle vécut au
ive siècle, les Bollandistes au ixe. L'abbé Largeault suppose
qu'elle n'est jamais venue en France de son vivant, mais
que les reliques rapportées dans notre pays ont pu être
l'origine des légendes. Si vous avez une autre opinion,
dites-la, j'enregistrerai. J'ai lu les légendes, elles sont
d'une grâce toute spéciale. Cette lecture repose des journaux de mode et des romans épicés où s'oblitère le sens
délicat du goût. Les légendes diffèrent entre elles sur

plusieurs points, elle ne se retrouvent que sur un seul : La Sainte est en butte à des entreprises criminelles, elle les évite par une fuite que protège le miracle. Pour échapper aux poursuites, elle quitte l'Espagne, traverse la France, et après une marche de sept jours, avec sa sœur Colombe et leur compagne sainte Pezenne, elle atteint le *pagus* du Poitou. Au moment où l'on va s'emparer d'elle, un champ d'avoine pousse subitement ; les épis hauts et droits la dérobent à la vue des poursuivants. Dans une autre légende, son persécuteur est le terrible Salbart, seigneur du château dont on voit encore les ruines, près d'Echiré. La chasse commence à l'endroit que l'on appelle actuellement Saint-Maxire et se continue le long de la Sèvre. Sainte Macrine, épuisée, va tomber au pouvoir du chasseur, mais les eaux de la rivière s'enflent, montent et retombent sur ses bords, en s'avançant à la rencontre de Salbart et des siens. La Sainte est sauvée. Depuis ce temps, la Sèvre possède un nouveau lit, l'ancien s'est desséché, l'herbe y croît et les moissons s'étalent au grand soleil.

Un détail archéologique :

Près de la fontaine située sur le point culminant de l'Ile de Magné, non loin de la chapelle, se trouve le champ des Idoles, et, tout autour, on rencontre des fragments de tuiles romaines. C'est là que passait la voie romaine de Saintes à à Angers, traversant les gués de Mennevault et de Maurepas. L'une des fontaines est nommée la fontaine des Horteaux (*hortorum* des jardins) dans un site ravissant, dit la gravée des Horteaux.

Août 1898.

LETTRE III

Madame,

Il faut que je vous raconte une histoire : le 28 Juillet 1898, la tête baissée, les jambes cassées, la pensée vague, le regard atone, un homme s'avançait à travers les rues de Niort. Rasant les murs le plus près possible, il ne relevait la tête et ne semblait respirer un peu que lorsqu'un balcon en saillie, ou un toit indépendant s'allongeait au-dessus de la voie publique. Quelques rares passants il rencontra. Tous avaient la même allure, ou le même manque d'allure, et tous comme lui laissaient la chaussée libre, serrant de plus près possible les maisons aux volets fermés. Pas un signe, pas un salut entre lui et les passants, et pourtant je suis certain qu'il en connaissait plusieurs, et que plusieurs le connaissaient, mais lui et eux, par convention tacite, étaient censés ne pas se reconnaître. Réduisant les mouvements au strict nécessaire, à la mécanique des jambes, ils faisaient l'économie de tout autre : ne me salue pas, je ne te saluerai pas.

Cependant l'homme se traîna dans une certaine rue que vous n'ignorez pas, et s'arrêta en face de certaine maison qui ne vous est pas étrangère. Du haut en bas, tout était clos : seul, au rez-de-chaussée, un volet baillait ; sans ce volet entr'ouvert, on aurait dit la maison morte ou abandonnée. Notre homme examina la maison, puis après avoir préalablement passé son mouchoir sur son visage, il leva la main jusqu'à la sonnette et... sonna. Quelques minutes s'écoulèrent, de longues minutes pendant lesquelles il s'essuyait toujours le front. Enfin, lentement la porte s'ouvrit. Une femme apparut, tenant le battant de la porte comme si elle craignait de laisser entrer ou sortir quelqu'un ou quelque chose. « Que diable ! dit l'homme, ma bonne Félicité, ne me reconnaissez-vous pas ? Je ne suis ni un voleur ni le soleil. » — Oh ! Monsieur, pardon ! C'est la lumière du dehors... Je ne voyais rien. — Madame est-elle visible ? — Tout le monde est parti ! — A Royan ? — Oui, monsieur. — Ils ne devaient partir que lundi, je croyais. — Madame s'est décidée, tout d'un coup, après déjeuner, hier. « Il n'y a plus moyen de tenir ici, Félicité, m'a-t-elle dit, vous avertirez l'omnibus, nous prendrons le train ce soir, peut-être pourrons-nous respirer au bord de la mer. »

Je ne veux pas vous intriguer plus longtemps ; je le voudrais d'ailleurs que je ne le pourrais pas, car vous devinez bien quel homme, cet homme était. Cet homme c'était moi, moi qui avais bravé la chaleur torride pour vous voir et qui me heurtais à cette phrase cruelle : Madame est partie ! Et cette histoire est l'histoire de tous les visiteurs en ce moment. Monsieur un tel ? Madame une telle ? En voyage !

Pendant votre absence il s'en passe de belles à Niort. Figurez-vous que nous avons eu un horrible fait divers, digne de la capitale. Nous décentralisons, c'est incontestable. Vous connaissez cette petite maison, à l'angle de la rue Chabaudy et la route Saint-Jean. Une sorte d'auberge, misérable d'apparence, moitié en bois, moitié en pierre, un restant du vieux Niort, tout à fait dans la note du roman Eugène Sue, c'est là qu'un homme, après avoir tué sa maîtresse, s'est tué lui-même d'un coup de revolver. Où allons-nous ? On dirait qu'un frein s'est brisé au char de l'humanité. Les malheureux voyageurs de la vie sont débarqués les uns après les autres, à chaque obstacle du chemin, par les soubresauts de l'attelage emballé. Quel contraste entre ces suicides, ces crimes, ces catastrophes continuelles et les plaisirs, le luxe et le bien-être et les merveilles de notre civilisation ! J'ai toute une théorie qui explique le contraste, mais je ne vous la donnerai pas, il fait trop chaud ! Je vous endormirais ou je m'endormirais avant d'arriver à la fin.

Cette température étouffante qui me prive de ma force philosophique ne m'a pas empêché de faire une lieue et demie en plein midi, le jour de l'arrivée du 137e de ligne.

Las d'attendre à la barrière de la route de Fontenay en compagnie d'un joli nombre de badauds, électrisé par les cris vibrants des trompettes du 7e hussards qui précédait les fantassins avec lesquels il avait manœuvré le matin, je me suis lancé à la rencontre du 137e sur l'grande route blanche, pleine de soleil et de bicyclettes. La chaleur, les cuivres retentissants, le mouvement, tout cela m'avait mis dans une sorte de fièvre au point de me faire croire que pour l'amour de la patrie et du pittoresque je me devais d'aller jusqu'au spectacle du drapeau flottant et de la marche martiale, et je suis parti. Après au moins une lieue et demie, à ma droite, au moment où je désespérais de voir quoi que ce soit, je distingue sur la plaine tranquille une ligne noire ondulant, dominée, de distance en distance, par des silhouettes. Cette vue m'a rappelé les régiments d'ombres, soldats et officiers à cheval, que Caran d'Ache faisait défiler sur la scène du Chat noir, dans l'Epopée. J'entendais, en même temps, des sons vaguement rythmés ; c'était bien mon régiment à l'extrémité du chemin de St-Rémy et débouchant sur la grande route, et alors, compagnie par compagnie, la colonne est passée devant moi. J'ai vu le drapeau, j'ai vu les commandants à cheval, j'ai vu la cantinière, j'ai vu le fantassin, les pieds poudreux, la nuque recouverte d'un mouchoir, je l'ai vu chantant quand même, en dépit de la fatigue et de la chaleur. Près du fantassin, j'ai vu l'officier, grave, muet, souriant un peu à la portée de mon regard. J'ai vu un mien ami capitaine qui a poussé son cheval jusqu'à moi, tout joyeux de l'imprévu. Et nous sommes revenus côte à côte, lui cavalier et moi piéton. Si vous aviez vu tout ce monde à la barrière, cet enthousiasme lorsque la musique en tête, de sa note cadencée et vigoureuse, enlevait le pas des hommes, droits, souples et fiers. Le soir nous avons eu une retraite aux flambeaux, d'un effet superbe, avec un char lumineux, des transparents et des torches. La ville était dans un état! C'était à ne plus la reconnaitre. Les malheureux musiciens et soldats s'avançaient à grand peine, presque enlevés par le flot populaire qui venait battre jusque dans leurs rangs.

Après avoir cherché et trouvé une sensation militaire et bruyante, quelques jours plus tard j'allais à Poitiers en chercher une d'un autre genre, celle que l'on éprouve au demi-jour des verrières, à l'odeur de l'encens, en face de la majesté des cérémonies religieuses sous les voûtes gothiques d'une église du moyen âge; le 13 Août, j'ai assisté au pèlerinage et à la fête de Ste Radégonde.

Pèlerine de Ste Macrine, fidèle d'un temple tout neuf aux pierres blanches, pèlerine du gai soleil, de la légende des blés et des eaux, quelle aurait été votre propre sensation si vous aviez pénétré avec moi dans cette église sombre, si vous aviez descendu les marches grises qui mènent à la froide chapelle souterraine, au fond de laquelle, posé sur de lourds blocs de granit, s'allonge le tombeau massif de la reine de France.

Lugubre, étrangement dure et solennelle, et bien dissemblable des petites tombes éphémères sous lesquelles nous couchons nos morts, la tombe de la Sainte apparait à la lueur caressante des cierges. Cette vue vous reporte à l'époque tourmentée et féroce des rois francs, époque que seule pouvait adoucir la lumière de la foi naïve, cette foi qui berçait le cœur des reines et qui pénétrait l'esprit des rois. Sainte Radégonde a été, de tout temps, la patronne des affligés, elle l'est encore; le siècle est encore féroce et la nature toujours cruelle. Pendant que je me livrais à ces réflexions, beaucoup de femmes priaient et pleuraient. L'une d'elles, montée sur une chaise pour atteindre le sommet du tombeau, passait un mouchoir sur la pierre et le reportait ensuite à son visage comme si elle voulait sécher les pleurs avec la poussière de la tombe. Pourquoi fait-elle cela? me dit à demi-voix et avec un demi-sourire un jeune homme qui m'avait accompagné. Pourquoi? Parce qu'elle a la foi. Elle la manifeste sous une forme extérieure en rapport avec les habitudes de sa vie. Soyez certain que cette femme pleure souvent, ou voit souvent pleurer autour d'elle. Elle a le geste instinctif de la consolation et de la caresse, celui de la main qui essuie les larmes et calme la souffrance.

Ces faibles paroles vous communiqueront-elles l'impression que j'ai ressentie dans cette chapelle remplie d'ombres et de lumières, de tristesses et d'espoirs? Je n'essayerai pas de vous parler davantage des fêtes de Sainte Radégonde, de peur d'affaiblir encore par des paroles en dehors de cette impression, cette impression elle-même, qui a son charme lorsqu'on vient de laisser le soleil et le bruit, la souffrance désemparée au milieu de la gaieté de ceux qui s'amusent et de l'indifférence de ceux qui jouissent du progrès moderne.

Je quitte Poitiers et je reviens à Niort. Comme je descendais du train je me heurte à X***, le nez en l'air, cherchant un wagon; le choc attire son attention. — Vous ici, me dit-il, en déposant sa valise à terre, je vous croyais loin. — Où cela donc? — A Montreuil-Bellay, pardi ! — A Montreuil-Bellay ! Et quoi faire à Montreuil-Bellay ? — Comment, on y plante des statues aux gloires régionales et vous n'y êtes pas? Pendez-vous! — Que je me pende ? mais je n'en savais rien. — Oh ! ça, c'est trop fort ! Vous, un chroniqueur! — Dame, c'est comme cela.

Eh oui, madame, on a inauguré un monument en l'honneur du poète Dovalle et de l'écrivain Toussenel. Spectateurs nombreux, maires avec écharpe, pompiers sous les armes, lettrés avec ou sans discours, rien n'y manquait, sauf votre serviteur. Par un hasard curieux, je n'avais ni lu un journal qui parlât de l'évènement, ni vu quelqu'un qui s'y intéressât ; je me serais volontiers rendu à Montreuil, d'autant plus qu'à Poitiers je me trouvais à moitié chemin et que sur le programme de la fête, était inscrit, en qualité d'orateur, le nom d'un Niortais Parisien, M. Saillard, Vice-Président de l'*Ouest Artistique*, qui m'est particulièrement connu. Tout est heur et malheur.

De tous les côtés, en province on s'agite, on manifeste, on

essaie de tirer la couverture à soi, au risque de laisser ce malheureux Paris en « pagaie ». Tantôt c'est à Saint-Malo, tantôt c'est à Carcassonne ; récemment à Plougan, en Bretagne, on a fait représenter le mystère de Saint-Gwenolé, un vieux, vieux mystère. Et nous-mêmes, en Poitou, nous aurons aussi notre manifestation décentralisatrice. Tous les journaux de la contrée en parlent ; en parle aussi la presse parisienne : *Petit Parisien, Gaulois*, etc. Le onze septembre, à l'occasion du couronnement des Rosières, on jouera une tragédie gauloise, à la lueur des torches, en plein air, sous les arbres du Parc de la Mothe. — Étant donnés l'heure qui est propice au mystère et à l'illusion, le lieu qui est des plus pittoresques, la pièce qui ne manque pas de valeur, je crois pouvoir vous promettre un spectacle peu banal. Puisse ce que je vous dis vous déterminer à venir à Niort plus promptement que vous n'aviez l'intention de le faire. Revenez subitement comme vous êtes partie. Que le retour compense le départ. Vous me devez cela. — J'ai encore sur le cœur votre envolée inattendue. Cependant, circonstance atténuante, Félicité me l'a avoué depuis : vous l'aviez chargée de me faire part de votre décision, dès le soir même, et de me remettre votre adresse de Royan. — Mais le courage lui a fait défaut, paraît-il. La chaleur lui avait coupé bras et jambes, il ne lui restait que la langue de bonne. — Au premier deuil du soleil, elle la transportait chez moi ! mais...

Adieu. — Pensez à moi sur la plage, quand la brise est plus fraîche, pensez à ce malheureux homme qui, pour vous, le 28 juillet, s'en allait à travers les rues de Niort, la tête baissée, les jambes cassées, sous un soleil de plomb.

Le même qui signe votre tout dévoué,

JAN DUC

Septembre 1898.

LETTRE IV

MADAME,

Je songe toujours à la stupéfaction que votre visage exprimait quand vous m'avez vu là surgir subitement à vos côtés, sur le sable, en face des flots. La vue de cette stupéfaction, je ne sais pas si vous vous en doutez, mais je me l'étais ménagée de longue main. A Niort même, tandis que j'élaborais mon projet de voyage à Royan, je voyais déjà votre étonnement naître, grandir, éclater ; et dans le train qui m'emportait, j'inventais des détails d'attitude chez vous : un doigt levé de telle ou telle façon, un pli formé au coin de votre bouche, etc., des riens du tout qui prenaient de l'importance. Où le plaisir atteignit son degré d'acuité, ce fut lorsque je me tins, dominant la mer, en haut du square Botton. J'allais entrer en scène, et j'éprouvais cette émotion que ressent tout acteur qui sera bientôt en présence du public et prononcera les premiers mots de son rôle. Sur la plage où je supposais que vous deviez être, le sable criait sous mes pieds. Il me semblait que mon pas produisait un bruit épouvantable, supérieur aux autres bruits, plus fort que les cris des enfants, que la plainte de la vague et du vent. Si ce bruit attirait votre attention, vous vous retourniez, vous me reconnaissiez de loin et l'effet d'une brusque apparition était manqué. Tout s'est bien passé. J'étais à deux pas de vous que vous étiez toujours assise, près de votre tente, un livre sur vos genoux, suivant des yeux je ne sais quelle barque, je ne sais quelle mouette, je ne sais quelle rêverie.

Sans vouloir préjuger le genre des pensées qui intéressaient alors votre personne muette, je parie bien qu'elles ne ressemblaient pas à celles qui vous amusent lorsque vos yeux rencontrent les fleurs de votre jardin, les magasins de la rue Victor Hugo, les arbres et les statues du square de la Brèche. Les choses au milieu desquelles nous vivons ont une influence forcée sur notre imagination et lui impriment une direction spéciale.

J'ai dit : « Madame, j'ai l'honneur de vous saluer, » et... et votre livre est tombé ; vous vous êtes levée. Mue comme par un ressort, vous avez fait demi-tour, vos prunelles agrandies, sans un mot. Pas long, le silence !.. Comment c'est vous, vous ici ! Qu'y a-t-il donc ?

— Il y a, que je viens passer quelques jours à Royan, et que je suis enchanté de vous revoir.

Je ne vais pas reproduire notre conversation, je m'en tiens là. Mais je vous dois les réels motifs de mon arrivée à Royan, après avoir laissé assez longtemps, là-bas, le champ livré à votre imagination, pour en forger de fantaisistes.

Je vous ai vu entre les mains une feuille publiée par Victor Billaud, imprimeur et poète royanais, *Royan*, un journal quotidien dans lequel paraît une chronique sous la rubrique *Chronique de la Plage* : elle est signée par un Niortais dont le nom vous est connu. Le signataire, un de mes amis, appartient à la rédaction du *Mercure Poitevin*. Chaque année, il se rend à Royan pour s'occuper du journal dont Victor Billaud, surchargé de besogne, lui délègue la direction pendant les deux mois que dure la saison balnéaire.

Ces chroniques ont conquis votre faveur. Leur auteur, avant son départ de Niort, m'avait engagé vivement à venir le rejoindre à Royan pour une villégiature de quelques jours. « Venez donc, m'avait-il dit. Je me charge de vous trouver un logement et de vous piloter. Nous parlerons du « Mercure ». Vous ferez probablement des connaissances littéraires qui vous seront agréables. Dans tous les cas, vous connaîtrez Victor Billaud ; et il est à connaître Victor

Billaud. » Je fus convaincu, mon voyage fut décidé. J'allais vous 'en parler le jour où je frappai vainement à votre porte, sous un soleil de plomb. J'espérais faire coïncider mon voyage avec le vôtre. Je ne vous ai pas caché, dans ma dernière lettre, le désappointement que je ressentis en apprenant ce départ précipité. De votre domicile au mien, ce jour-là même, naquit en moi l'idée de vous mystifier : j'irai à Royan et me présenterai à vous dans un impromptu mystérieux. Que je ne vous ai vue que deux fois pendant mon séjour ne fait pas partie de ma vengeance, je vous en avertis. Mais mon temps était pris d'avance par des engagements. J'avais un programme très vaste à remplir. Ce programme m'entraînait tantôt dans le Parc, l'un des plus beaux ornements de la ville d'eau, avec ses allées plantées de pins, de chênes verts et d'acacias, ses villas fleuries et originales, ses carrefours soignés et ses sentiers perdus ; tantôt il me fallait, dans le tram, atteindre les extrémités de la civilisation des petites plages avoisinantes. J'aime beaucoup ces excursions, faites au petit galop, assez rapides pour ne pas avoir à s'ennuyer dans une contemplation prolongée, pas trop rapides pour ne pas manquer les détails du spectacle. Aux arrêts et départs, changement de compagnons de route ; j'avais des surprises : il m'arrivait de voir monter avec moi des compatriotes, d'entrevoir des visages connus et, par l'entremise de mon ami, de lier conversation avec des littérateurs dont les noms seuls m'étaient familiers. C'est ainsi que j'ai pu faire la connaissance d'André Lemoyne, le poète dont vous avez vu le buste exposé au Musée Céramique, à Niort, l'an dernier ; de Max Tiple, dont vous avez lu les articles dans « Royan » etc., etc. Nous causions pendant que défilaient Foncillon, Pontaillac aux villas superbes, Chay, déjà moins habité, puis Nauzan, le Bureau où la côte change d'aspect et devient plus rude et plus sauvage, et à mesure que la vue variait, variait aussi la conversation, fabriquée à son image. Ainsi passaient les journées, et les soirées se terminaient au Casino, plein de lumière, de bruits, de mouvements et de types si amusants que l'on ne rencontre que là. Je sais que vous ne partagez pas mes goûts. Le Casino ne vous dit rien qui vaille. Vous l'accusez d'être le rendez-vous de la fausse élégance, du *rastaquouérisme*; vous oubliez qu'il est aussi le palais enchanté d'un très grand nombre de braves gens, qui prennent les *rastaquouères;* pour d'honnêtes seigneurs, et le clinquant d'alentour pour le dernier cri du bon goût. Ces braves gens viennent souvent d'un fond de boutique noire et triste, d'un bureau aux murs nus et monotones. Laissez-les donc s'émerveiller et s'éblouir, et se tromper. Ça n'a pas d'importance : après avoir perdu quelques plumes de leur aile, ils retourneront à leur pigeonnier.

Et ils diront *telle chose m'advint !*

Puis, je ne veux pas que vous m'enleviez mes acteurs. Tous ces braves gens-là ont un rôle dans le spectacle que je me donne. Leurs vêtements simples, leurs gestes empruntés jurent avec les couleurs voyantes et l'aplomb des autres. A leurs physionomies tant soit peu ahuries, j'oppose les visages fardés et préparés de tel ou tel beau Monsieur, de telle ou telle belle Dame. Ce contraste me facilite la charge que je m'assigne souvent de déterminer l'origine et de reconstituer l'état-civil de l'amateur des petits chevaux, ou de la brillante valseuse.

Je savais bien que vous ne suivriez pas mon conseil, que vous ne seriez pas présente à la fête de la Mothe le 11 septembre. Vos « peut-être », « je verrai », « c'est toute une affaire, » ne me laissaient aucun doute à cet égard. Une fois que la mer vous tient, elle vous tient bien. Il aurait fallu de la pluie et du froid pour rompre le charme de la sirène et vous faire quitter Royan avant l'époque habituelle. Et Dieu sait si le temps était à la pluie et au froid!

Vous n'êtes jamais venue à La Mothe ? Mais venez-y donc une bonne fois et vous constaterez par vous-même quelle jolie petite ville elle est, par quelle pittoresque campagne elle est entourée.

De l'allée du parc, longeant la vallée comme une terrasse, il semble que l'on ait à ses pieds une coquette ville d'eau. J'ai même rêvé, un jour, qu'elle en devenait une, tant elle a le physique de l'emploi. J'ai été jusqu'à dire au maire, un homme d'esprit et d'imagination, dont l'initiative intelligente a beaucoup contribué à son embellissement : « Mais creusez donc le sol, faites-en jaillir une eau quelconque, à goût de salpêtre, de fer, de n'importe quoi et la fortune de votre pays est assurée : il sera vite à la mode. » — « Eh ! Eh ! m'a-t-il répondu, nous avons déjà une fontaine aux pro...iétés curatives, on verra. »

J'ai feuilleté nombre de gros in-folio à l'effet d'en extraire quelques traits marquants, relatifs à l'histoire de la Mothe. Je me suis perdu au milieu de détails infimes. Le passé de la Mothe se confond avec celui de son château, le château qui a été détruit. De l'ancien édifice aux tourelles élégantes, il ne reste plus que l'orangerie. Ce château a joué un rôle dans les guerres de religion ; il a été pris et repris par les catholiques et les protestants. En 1582, il était possédé par Louis de St-Gelais, sieur de Lansac, un seigneur très hospitalier et très amateur de moutarde. Les notables de Saint-Maixent venaient lui faire la « Révérence » et lui apporter le fameux produit qui était toujours le bienvenu et accueilli « de cœur ouvert ». Le 28 mars 1582, le sieur de Lansac reçut pompeusement la visite de Catherine de Médicis, du roi et de la reine de Navarre, du cardinal de Bourbon, de Mᵉ de Royan. Ces rois et seigneurs s'étaient donné rendez-vous au dit château pour y conférer sur les affaires publiques en très mauvais état. Mais ces conférences n'eurent aucun résultat pour la paix, car, quelque temps après, les hostilités reprirent de plus belle. Et catholiques et protestants continuèrent à se massacrer pour le bien de la religion ou plutôt pour celui de leur propre ambition.

Quelques mois avant la bataille d'Austerlitz, le prince Murat acheta le château de M. de Carvoisin. Le brillant sabreur y amena son train habituel. Chasses à courre, bals, dîners, rendirent au domaine son ancienne animation.

Cet éclat fut de courte durée. Appelé au trône de Naples, Murat céda sa propriété à Napoléon qui la donna ensuite à

Mouton, comte de Lobau. Passant de main en main, le château tomba dans celles qui le détruisirent de fond en comble, en 1810. Je ne peux jamais revoir le dessin que Baugier en fit, dans les *Monuments du Poitou*, sans maudire la bande noire qui consomma la ruine d'un édifice si remarquable par son architecture et sa situation.

Le 18 septembre 1898, la Mothe recevait non plus des rois et des princes, mais un populaire nombreux et des journalistes, ces importants de notre époque. Depuis quelques mois, l'attention publique avait été appelée sur la Mothe par la presse parisienne et provinciale. On parlait d'une tentative théâtrale identique à celles qui avaient eu lieu en Bretagne et dans les Vosges. Une tragédie, *Erinna, prêtresse d'Hésus*, du Dr Corneille, un Mothais, devait être représentée, en plein air, le soir, dans un décor magique.

Magique, il l'était, je vous assure. Et je suis encore sous l'impression de ce spectacle merveilleux. Je revois, à la lueur mystérieuse des torches, le défilé blanc des druides et des druidesses sous la ramure dont le dessous est clair et le dessus sombre, confondu avec le ciel sombre, pointillé d'étoiles. J'entends les chœurs invisibles et lointains. Je me souviens de la force avec laquelle ma pensée me reportait à ces époques des forêts, du dolmen et du gui. Je vous dis qu'en ne venant pas à la Mothe, le 11 septembre, vous avez manqué un spectacle comme vous n'en avez jamais contemplé et n'en contemplerez peut-être jamais. Je vous dis que le plus beau décor d'opéra, que la plus belle mise en scène de nos plus grands théâtres ne peuvent communiquer cette illusion qui arrive à une sorte d'hallucination, si bien que ce qui est de convention, que ce qu'il y a forcément de factice dans le discours et dans le jeu des acteurs disparaît complètement. Vous vous sentiez dans les veines le sang des ancêtres gaulois, vous receviez le choc de leurs sensations énergiques, vous éprouviez leurs sentiments de religion et d'amour.

M. Corneille a fait là une œuvre; elle a des défauts, mais elle a des qualités. Il a dû s'apercevoir que les qualités l'emportaient sur les défauts à la spontanéité des applaudissements enthousiastes, aux félicitations des journalistes parisiens et provinciaux.

Je voudrais vous parler du cérémonial des Rosières, mais ceci m'entraînerait trop loin ; d'ailleurs, l'année dernière et peut-être, cette année, vous en avez eu la description dans différents journaux. Je tiens à vous dire seulement quelques mots au sujet du dîner qui réunissait les membres de la presse, chargés de rendre compte de la représentation en plein air. Le dîner avait lieu à l'hôtel Audé, sous la présidence de M. Chamuel, éditeur à Paris, un natif de la Roche-sur-Yon, en passe de prendre un bon rang parmi ses confrères de la capitale, grâce à son intelligence, son activité et son flair ; il a déjà mis la main sur le Dr Corneille et a compris, à première vue, tout l'avenir de son théâtre en plein air. Il n'a pas hésité à éditer son dernier roman, le *Démon de la chair*. Il ne lâchera plus maintenant « son auteur » pour le bien de celui-ci et pour son propre bien. C'est à M. Chamuel, je crois, que le jeune écrivain doit d'avoir été mis en rapport avec les directeurs des journaux parisiens. Il y avait à ce dîner : le représentant du *Petit Journal*, un monsieur remarquable par sa grande barbe et son silence. Ses yeux inquiets seuls parlaient, ils avaient l'air de dire : « Quelle heure est-il donc ? Il faut que je prenne le train » ; le représentant de *La Patrie* et du *Gil Blas*, un jeune homme alerte et spirituel, la parole aussi facile que la plume ; le représentant du *Gaulois*, directeur d'une revue importante de la Vendée, un gentleman parfait, très connu dans notre pays et ailleurs par son talent et sa courtoisie ; le reporter du *Monde Illustré*. Poitiers comptait là un certain nombre de ses publicistes : le rédacteur du *Courrier de la Vienne*, très aimable, très calme et très sérieux ; le rédacteur du *Patriote du Poitou*, un homme d'une gaieté communicative, la tête et l'allure d'un officier en retraite ; le directeur du *Pays Poitevin*, un des principaux initiateurs du mouvement intellectuel parmi nous ; les deux rédacteurs du *Réveil du*

Poitou, l'un qui écoute et l'autre qui regarde. Celui qui regarde porte monocle; il est l'auteur des *Visions Gauloises*, quatre sonnets que vous avez pu lire dans le *Mercure*. Niort, je ne sais pourquoi, ne pouvait revendiquer que très peu des siens : le représentant de l'*Agence Havas*, un vétéran du reportage, et le représentant de la *Revue de l'Ouest*. De ce dernier je ne vous dirai rien, le *gnôli seauton* étant très difficile à pratiquer.

Après quelques escarmouches préliminaires, chacun tâtant le terrain avant de se lancer, la conversation attaqua fatalement le chapitre du journalisme. On reconnut que le journal de province se mourait sous les coups du journal de Paris ; que la presse quotidienne à cinq centimes tuait la presse hebdomadaire à dix centimes, que le *Petit Journal*, le *Petit Parisien*, la *Petite Gironde*, pénétraient dans les plus minces bourgades, chassant les journaux du pays de toutes leurs positions. Le talent, l'énergie, n'y feraient rien. Il n'y avait qu'à s'incliner devant le sort : on ne pouvait que prolonger l'agonie. Au nom de la *Petite Gironde*, un provincial releva la tête. Il dit, d'une voix qui domina le bruit des fourchettes, des assiettes, des verres et des langues en mouvement : « Messieurs, il y a un moyen pour arrêter l'envahisseur. — Ah bah ! cria-t-on de tous les côtés à la fois, voyons le moyen ? » Et les regards des Parisiens devinrent narquois, ceux des provinciaux étonnés, puis le silence se fit et l'on écouta. « On vient de nommer la *Petite Gironde*. Dans quelle catégorie classez-vous la *Petite Gironde* ? Est-ce dans la presse parisienne ou dans la presse provinciale ? — Dans la presse régionale, dit une voix ! — Bon, voici une catégorie que l'on ne connaissait pas autrefois. Vous admettrez avec moi que la presse régionale lutte avantageusement avec la presse parisienne qui veut devenir la presse *nationale*. — Comment donc ! interrompit le représentant du *Gil Blas*, mais très souvent le *Petit Journal* et le *Petit Parisien* sont obligés de baisser pavillon. N'est-ce pas, M. du *Petit Journal* ? » ajouta-t-il en se tournant vers le représentant du *Petit*

Journal, lequel, très pressé, continua à manger, et ne répondit pas. Le journaliste, celui qui avait un moyen, reprit : « A quoi attribuez-vous cette supériorité ? — A son excellente rédaction, sans doute, dit un provincial. — Eh bien non ! ce n'est pas la seule raison. C'est parce que la *Petite Gironde* est régionale, c'est parce qu'elle donne à ses lecteurs de la région les nouvelles de la région. — Le *Petit Parisien*, le *Petit Journal* les donnent aussi, intervint un autre convive. — Oui, mais dans quelle proportion ? Petite, comparativement. C'est forcé. Ces journaux embrassent un territoire trop vaste pour se permettre une proportion égale à celle dont dispose la *Petite Gironde* qui se limite à trois ou quatre départements. Mais on peut aller plus loin dans la voie où est entrée la presse régionale. La presse départementale ou la presse d'un arrondissement ont toutes les facilités pour aller où il est impossible à la presse régionale d'atteindre. Je vous dis que la presse départementale, quand elle le voudra, battra la presse régionale dans son département, comme la presse régionale est en train de battre la presse parisienne dans sa région, mais il faut des réformes importantes, il faut laisser la politique générale et les faits généraux à la presse parisienne et régionale, se cantonner exclusivement ou presque exclusivement dans la politique locale et le reportage local. Il faut considérer l'abonné qui disparaît, tous les jours d'ailleurs, comme quantité négligeable, attirer l'acheteur au numéro par tous les moyens possibles, par le bon marché et par la bonne rédaction des articles, vendre le numéro cinq centimes et le rendre quotidien... Il s'agirait d'avoir un peu d'audace et beaucoup d'argent (au début) ; les aurons-nous ?... »

Là-dessus, les conversations générales reprirent de plus belle avec un tel brouhaha qu'on ne pouvait plus rien distinguer de suivi et de raisonné. Soudain, un Parisien se lève, le verre en main : « Messieurs, crie-t-il, je bois aux succès futurs de la presse provinciale. »

Un autre journaliste se lève à son tour et crie : « Je bois à la presse parisienne. » Les deux toasts sont salués par d'unanimes applaudissements. « Messieurs! Messieurs! Ne serait-il pas temps de nous séparer ? » C'est le *Petit Journal* qui se décide à manifester une opinion. Elle ne rencontre aucun contradicteur. Il est tard. Tout le monde abandonne son siège, gaiement et bruyamment. La salle du banquet se vide. La toile tombe.

Ah ! Madame ! Madame ! qu'ai-je fait? une bêtise ! Je me suis laissé entraîner à parler longuement de choses qui m'intéressent, mais qui ne vous intéressent peut-être pas, vous et d'autres. Je n'ai pas su établir de justes « proportions » dans mes discours, de sorte que je n'ai plus de place pour relater des faits importants, tels que la représentation du théâtre en plein air de Chef-Boutonne, l'inauguration du médaillon de Du Tiers à Echiré, etc., etc. Et je me vois contraint de les renvoyer à ma prochaine lettre. Il est temps de nous séparer; comme dirait le rédacteur du *Petit Journal*, je le fais à regret ; puisse-t-il en être de même pour vous. Je n'ose l'espérer : j'ai tant bavardé! L'imprimeur attend avec impatience que vous ayez lu.

Dépêchez-vous !

Votre bien dévoué et respectueux,

JAN DUC

Novembre 1898.

LETTRE V

Madame,

Vous prétendez que vous n'avez aucune influence sur moi, que votre bon sens se heurte toujours au mien, que vous ne pouvez rien ôter de là quand c'est là (votre geste, celui de votre doigt blanc et fin tapotant votre front que troublent les boucles égarées de votre chevelure). Bon ! je veux vous donner aujourd'hui même la preuve que je ne suis pas si entêté que vous voulez bien le dire.

Réflexion faite, je reviens sur ma résolution de ne pas parler de Chef-Boutonne et d'Echiré, j'en parlerai ; le tout pour ne pas endommager votre collection des événements poitevins ; le tout pour vous ménager le plaisir d'une lecture rétrospective dans la suite des années ; c'est une concession de ma part qui n'est pas sans mérite, je tiens à vous le faire remarquer ; je m'expose, savez-vous, aux récriminations de gens amateurs de nouvelles, nouvelles. On peut ne pas envisager la question au même point de vue ; on peut dédaigner le réchauffé, le rassis, le moisi des faits vieux de deux mois, et si je vous adressais ces récriminateurs-là, que feriez-vous ? Que leur diriez-vous ? Les rangeriez-vous si facilement à votre avis ? J'ai obtempéré moi, mais obtempéreraient-ils eux ? Oh ! oh ! je crois que je vais reprendre la discussion d'avant-hier. — J'obtempère, et je me tais ; il n'est que temps ; je sens déjà que ce que vous avez ôté de là y revient, et alors... Oui, vous avez raison ; je suis peut-être un peu entêté.

Or, le 25 septembre, Monsieur Gaud, le poète des paysans, comme il aime à s'entendre appeler, a donné dans le parc de Chef-Boutonne, un pendant à ce qui s'est passé dans le parc de la Mothe, le 11 septembre. Il a fait représenter une pièce en plein air. — Sa pièce avait pour titre: « *Une merienne chez Jacques Labertuche* ». Ici, rien des druides et des Romains. Les personnages sont des gens de chez nous, des contemporains. Il faut avoir vécu longtemps avec les paysans et les bien connaître, et posséder un joli brin de talent tout spécial pour se permettre de les présenter à eux-mêmes.

L'auteur a su mettre la main sur de vrais *pésans*, c'est incontestable, car il a été fort applaudi. Il aurait remporté un autre genre de succès s'il s'était avisé d'offrir à son auditoire, presque exclusivement composé de gens de la campagne, des paysans à la Molière, parlant le jargon si apprécié des marquis et des belles dames de la Cour. Le but de M. Gaud écrivant ses paysanneries, est de faire aimer la terre à celui qui la cultive et d'arrêter la désertion de la campagne, but louable s'il en est, et dont la réalisation n'est pas impossible, sinon pour le moment, du moins pour l'avenir. Car on y retournera à la campagne ; on l'aimera et on y restera, et ce sont les vieux citadins qui donneront les premiers le signal du retour.

Une civilisation très avancée doit revenir à son point de départ ; elle est sortie de l'agriculture ; si elle n'est pas assez sage pour comprendre la nécessité d'y retourner d'elle-même, elle y retournera forcément et pas doucement. Emballée, elle se rencontrera avec le « tu n'iras pas plus loin » et dans le choc elle sera fracassée. — La fleur cruelle de la sauvagerie naîtra de ses débris et de son fumier. — Quant à l'autre but que peuvent poursuivre M. Gaud et les patoisants, celui de rendre au patois son ancienne vigueur, de le faire admettre au rang et à l'honneur d'une langue-mère, c'est une utopie, une impossibilité ; le patois est battu en brèche de tous les côtés ; par l'école, le régiment et les rapports des gens de la ville avec les gens de la campagne ; sa mort viendra à courte échéance. Cependant, il y a dans le vieux langage qui s'en va des expressions savoureuses, des mots d'un tour naïf et coloré dignes d'un meilleur sort. La langue s'enrichirait en les adoptant.

Ces représentations peuvent contribuer à les faire connaître et à hâter la remise des lettres de naturalisation. Si M. Gaud et ses collègues parvenaient à un tel résultat, ils n'auraient pas perdu leur temps et n'auraient pas le droit de se plaindre. Pourquoi d'ailleurs M. Gaud ne travaillerait-il pas d'une façon plus efficace, plus directe et plus rapide à la transplantation et à l'acclimatation des produits de notre sol poitevin ? Doué à un haut degré de la précieuse faculté d'assimilation, maniant avec une égale aisance le patois et le français, il serait facile, à lui plus qu'à tout autre, de distinguer à première vue ce qui est né viable, ce qui mérite d'être rejeté ou adopté. Ses propres écrits montreraient à quelle verdeur, à quelle énergie, une langue, cultivée en serre chaude comme la nôtre, peut atteindre au seul contact de sauvageons de la nature et du plein air.

Sa tentative et son succès lui assureraient une place marquée et privilégiée parmi les lettrés poitevins.

Ce bataillon des lettrés poitevins grossit tous les jours, il va bientôt présenter un front très solide. Une partie de son état-major se trouvait réuni à Echiré, le 16 octobre, pour l'inauguration du médaillon d'Emile du Tiers. Il faut assurément comprendre dans cette catégorie les auteurs des différents articles du numéro spécial que le *Mercure* a fait paraître à cette occasion. Ils étaient tous là ; il y avait aussi M. Léaud, président du Comité Niortais d'Ethnographie ; M. Gustave Boucher, M. Sagot, maire d'Echiré, le docteur Ricochon, et M. P. Poisson, l'auteur du buste du poète en 1895.

Le médaillon de du Tiers, encastré dans la pierre au-dessus de la porte d'entrée de la maison d'école, est très ressemblant ; il fait le plus grand honneur à M. de Monterban, qui l'a modelé avec ses souvenirs, son cœur et son talent. M. de Monterban en avait confié la reproduction à un fondeur niortais. En prenant comme collaborateur un homme du pays, M. de Monterban avait eu là une bonne pensée.

L'école d'Echiré, très vaste de terrain et de bâtiments, est admirablement située ; pas très loin du bourg, elle se trouve en pleins champs, à bon air. Des jardins, on a à gauche une vue remarquable sur la vallée de la Sèvre, indiquée par de grands arbres. La villa des Iles se devine là-bas. L'hiver, lorsque les feuilles sont tombées, elle doit être très visible. On aperçoit aussi une partie du château Salbart. Je m'instruis de plus en plus, je suis devenu un savant et à propos de cette fête donnée en l'honneur d'un ami de la vieille ruine, j'ai parcouru un ouvrage qui raconte l'histoire du château... Autrefois, il y a bien longtemps, ce château portait le nom de du Coudray. On attribue sa construction aux seigneurs de Parthenay ; il date du XIIIe siècle ; il a joué un certain rôle dans les guerres féodales. En 1420, il servit de prison au duc Jean de Bretagne, enlevé traîtreusement par les de Penthièvre. Resté longtemps entre les mains des de Parthenay, il fut acquis, en 1776, par le comte d'Artois qui le céda ensuite aux du Fay de la Taillée. Le propriétaire actuel est M. du Dresnay, un descendant de cette famille.

Vous n'ignorez pas la légende du pays relative à Salbart : on prétend qu'il fut construit par la Mélusine, une fée douée d'un joli talent d'architecte. Elle édifia un certain nombre de châteaux du Poitou.

Il paraît que Salbart fut bâti en une seule nuit, son travail se faisant dans les ténèbres. La fée ne pouvait supporter l'éclat du jour ; si bien qu'une nuit, ou plutôt un jour, surprise par l'aube au moment où elle passait au-dessus de la plaine de Vouillé à Prahecq, avec une charge destinée à sa construction des bords de la Sèvre, elle ne fut pas maîtresse de son émotion ; éblouie, elle s'enfuit, en laissant tomber trois grosses pierres. La preuve, c'est que non loin de la ferme de Blanzay on voit encore de nos jours trois blocs enfoncés dans la terre, ce sont les pierres échappées de sa « dorne ».

J'amusais mon imagination avec cette légende charmante; je songeais à cette fée merveilleuse qui s'évanouit aux premiers feux du jour et dont la beauté se mêle et se fond dans les traits légers, lumineux du soleil levant, tandis que les orateurs rappelaient le souvenir de du Tiers, et que les poètes chantaient un poète disparu de leurs yeux, mais toujours présent à leur mémoire.

Nous étions dans le préau de l'école qu'encadraient de grands tilleuls au feuillage épais; les enfants des écoles, filles et garçons, étaient rangés dans ce carré, devant nous, et la foule se massait autour d'eux; aux paroles et aux rimes, de temps en temps, succédait le chœur des écoliers qui chantaient des pièces de du Tiers, mises en musique par M. Ducret. Ces discours, ces vers harmonieux, ces voix pures, la sympathie que je ressentais pour le talent du poète, me maintenaient dans cette région de rêves et de merveilles où la fée poitevine exerce encore son art et construit toujours ses palais que dissipe seulement l'approche de la réalité.

Eh ! Madame, il est grand temps, n'est-ce pas, que je retombe sur le terrain solide. Parti comme un ballon qui n'a plus de lest je deviens nuageux, perdu bien haut, bien haut, au gré du vent.

Me revoici sur la terre, grâce à la visite inopinée d'un ami qui vient interrompre ma lettre et mes rêves. Il m'apprend une bien triste nouvelle: Mme Normand, de Fontenay-le-Comte, connue dans les lettres sous le nom de Renée Montbrun, n'est plus ! Je ne la connaissais que depuis peu de temps, je la vis la première fois (l'unique fois d'ailleurs) chez l'administrateur du *Mercure*, au moment de la formation de la revue, quand nous cherchions des collaborateurs de tous les côtés. Ses yeux fébriles, noirs, un peu étranges, l'ensemble mélancolique de son visage attiraient l'attention. Le ton de sa voix était gai. Mais on sentait que cette gaieté n'était pas naturelle, elle était voulue ; derrière devait se cacher la tristesse. Depuis, j'appris que Mme Normand avait perdu un fils et qu'elle ne pouvait se consoler. Elle est morte relativement jeune. Sa douleur maternelle a dû hâter sa fin.

Je connaissais et appréciais son talent ; j'avais lu un certain nombre de ses articles dans plusieurs revues et journaux de la contrée : la *Revue du Bas-Poitou*, le *Mémorial*, l'*Ouest artistique et littéraire*. Aussi ce fut avec toute mon ardeur que j'appuyais mes amis sollicitant sa collaboration. Notre éloquence échoua. Elle n'avait pas le temps, elle avait promis des articles qui étaient à écrire... Elle ne disait pas absolument non, plus tard, plus tard, on verrait. Elle nous a donné dernièrement un article sur le théâtre de Ploujean. Vous avez pu le lire dans le numéro d'octobre. Nous espérions donc que le « plus tard » était arrivé et qu'elle allait être avec nous de plus en plus. Mais la mort en a disposé autrement. Renée Montbrun a rejoint son fils. Les lettres poitevines ont fait une grande perte.

C'était un esprit très fin, très précieux, trempé dans un cœur délicat. Les mots écrits par une plume exercée trahissaient l'émotion de ce cœur.

Les morts vont vite et les chevaux aussi. Pauvres chevaux ! Depuis que les machines avalent des kilomètres, on exige d'eux des tours de force. Il faut qu'ils se tiennent à la hauteur du mouvement général, sous peine de n'être plus considérés que comme de la viande de boucherie. Ils tomberont au rang des bœufs et des moutons.

M. de Curzay, un sportman enragé, tient absolument à relever leur réputation et à nous prouver que l'on peut encore tirer bon parti de leur agilité ; il s'agit de savoir les manier avec énergie et méthode.

Parti du château du Mesnil, le 4 novembre, avec des chevaux réformés du 7e hussards, il se fait fort de les mener tambour battant et de couvrir 3,000 kilomètres en trente jours. A l'heure qu'il est la course se poursuit dans d'excellentes conditions qui permettent d'espérer le succès final.

A la suite de l'entrefilet du journal mentionnant ce pari original se trouvait une note d'un autre genre. Le Musée

Archéologique de l'ancien Hôtel-de-Ville vient de s'enrichir de différents objets qui lui ont été offerts :

Des haches et couteaux préhistoriques en pierres éclatées et polies, provenant des environs de Marcuil (Vendée) ; huit vases trouvés au Pérou sur le territoire des Incas et antérieurs à la conquête espagnole, don de Mme Schmitt, et enfin une série de plaques de cheminées, portant des écussons.

Cette lecture me suggéra l'idée de réaliser tout de suite le désir que j'avais depuis longtemps, de visiter le Musée. Si M. E. Breuillac, l'aimable secrétaire de la Société d'Archéologie, consentait à m'accompagner et à me servir de cicérone, ce serait parfait. Je n'avais pas trop préjugé de son obligeance. Le dimanche suivant, tous les trois (car nous nous étions adjoint un troisième compagnon), nous pénétrâmes dans le palais d'Eléonore d'Aquitaine.

Les plaques précitées étaient déjà installées sur chaque marche de l'escalier tournant qui monte à la salle du premier étage. Comme la science héraldique m'est inconnue, je ne pus que constater leur présence. M. Breuillac ouvrit la vitrine de la vaste salle où les haches préhistoriques étaient étiquetées et classées. Il déposa l'une d'elles entre mes mains, la plus grande, extraordinairement grande, d'un silex gris, très poli et très luisant. La vue de ce triangle étrange détermina en moi la réflexion que me cause toujours la vue de pareils objets. Comment nos pères, qui n'avaient pas à leur disposition le concours précieux de la mécanique, parvenaient-ils à donner la forme et le poli à une pierre d'une telle dureté ? Quelle patience et quelle adresse ne leur fallait-il pas ! En patience et en adresse nous leur sommes certainement inférieurs. La vapeur et l'électricité qui suppriment le temps et les distances ont amoindri la force de la première. Les calculs du cerveau, suppléant aux efforts physiques, ont diminué celle de la seconde. Ce que l'on gagne d'un côté, on le perd de l'autre.

Comme je tournais sur moi-même, cherchant où poser mon regard : « Nous avons beaucoup de choses intéressantes ici, n'est-ce pas? me dit M. Breuillac. — Beaucoup, fis-je, trop même, on ne sait à laquelle s'adresser,... et en bas aussi. Tenez, nous ferions mieux de visiter la salle du bas; un autre jour, nous inspecterons celle-ci en détail. Descendons-nous? »

Le musée du rez-de-chaussée contient surtout des tombeaux, des statues et des débris de sculpture.

Mon guide me dirigea vers une pierre tombale fouillée de tous les côtés. « Voici une tombe du XII° siècle. Nous ignorons quel en était le propriétaire,... pas de nom. Ce sont des attributs de chasse que vous voyez là. Elle est très curieuse. Le Trocadéro en possède une copie ».

Nous étions maintenant devant une large pierre sur laquelle un évêque, mitre en tête, était couché. « Godran, abbé de Maillezais, évêque de Saintes, XI° siècle. Approchez-vous : cette ligne saillante, le long de la hanche et de l'épaule est la crosse, reprit M. Breuillac; à l'extrémité, une pointe de fer dans laquelle s'emboîtait la tête recourbée de la crosse; malheureusement cette partie manque. »

A quelques pas plus loin, contre le mur, se tenaient debout trois blocs de pierre, forme oblongue. « Eh! qu'est ceci? — Des bornes milliaires. — Oh! oui, mais pourquoi sont-elles creuses? — Oh! les voies romaines n'ayant plus leur raison d'être, nos ancêtres, gens pratiques, se servaient des pierres indicatrices comme tombeaux. Connaissez-vous le vers d'Hégésippe Moreau? il est de circonstance. — Voyons! — Le chemin de la vie, dit-il,

« *Comme une voie antique est bordé de tombeaux.* »

« La vie et la mort se mêlent partout.

« A ces pierres indicatrices du mouvement et de la vie, devenues des lits où s'immobilise la mort, je mettrai en opposition les tombes d'enfants, que l'on utilise pour la transmission de l'eau. Il y a au village de Nanteuil une fontaine dont l'eau est captée dans des tombes semblables. De tombe en tombe, l'eau, sortie du rocher, passe et s'écoule jusqu'au réservoir. La mort devenue la servante de la vie!

Passons. Ces rinceaux sont des débris provenant de l'abbaye de Saint-Liguaire. Par la finesse et l'art de la sculpture, vous pouvez juger de ce que pouvait être autrefois l'abbaye elle-même.

« A propos d'abbaye, vous savez la nouvelle ? Je l'ai lue ce matin dans le *Soleil*. Huysmans s'installe définitivement à Ligugé. Il a acheté des terrains près du monastère. Le pape, pressenti à son sujet, ne serait pas éloigné de rétablir en sa faveur l'ordre des oblats séculiers. Huysmans moine et laïque à la fois ! Au reporter d'un journal parisien qui lui demandait le pourquoi de son départ de Paris, l'écrivain a répondu qu'il était fatigué de la vie fiévreuse que l'on mène dans la capitale. Le repos lui devient une nécessité. Parions qu'il ne sera pas le seul à prendre cette détermination. La province va se peupler d'artistes. »

Comme M. Breuillac disait ces mots, onze heures, l'heure du déjeuner, sonnait au beffroi du Pilori. Nous avons rompu le conciliabule et nous nous sommes séparés tous les trois.

— Madame, je viens de relire ma lettre et je m'aperçois de deux choses : 1º qu'elle est longue, 2º qu'elle n'est pas précisément d'une gaieté folle. La mort, les tombeaux, les monastères y jouent un rôle prépondérant. Il pleut tandis que je vous écris. Mon esprit, habillé à la couleur du temps a pris, sans contrôle, les idées tristes qui se sont présentées. Puisse, au moins, à l'arrivée de cette lettre, la pluie grise atténuer le jour de votre appartement, puisse toujours le vent faire entendre la musique qu'il glisse sous ma porte ; car, alors, il n'y aura pas d'à-coup entre ma pensée et la vôtre. Nous serons à l'unisson. Mais combien de temps ? Il suffirait d'une échappée de soleil pour rompre l'harmonie et vous faire dire de moi : « Mon Dieu ! quel bonnet de nuit, il est ennuyeux comme la pluie. »

Dans cette crainte, je termine et me déclare votre bien dévoué et respectueux,

JAN DUC

Décembre 1898.

LETTRE VI

CHÈRE MADAME,

Cette lettre sera une véritable lettre, moins conventionnelle que les précédentes, puisque je vous écris là ce que je n'aurais pu vous dire de vive voix.

Quels cruels mois de décembre et de janvier vous venez de traverser! J'étais loin de me douter, lorsque je vous écrivais à la fin de novembre, que vous alliez être si durement frappée. Et cependant vous rappelez-vous ma lettre? Elle était toute triste? Avais-je un pressentiment? Le malheur aurait-il le don de s'extérioriser? Avant de frapper s'élargit-il en ondes lugubres? En sentons-nous les remous amers sans nous rendre compte des causes de notre mélancolie?

J'ai compris et respecté le motif qui vous a fait interdire votre porte, même à vos amis les plus anciens et les plus fidèles. Dans la terrible lutte que vous engagiez avec le mal, vous aviez besoin de tous vos instants et de toute votre énergie. Rien ne devait vous distraire de votre tâche. Le secours que l'on aurait pu vous offrir dans cette circonstance n'aurait fait qu'entraver la marche de votre plan maternel.

Laissez-moi vous dire que j'ai admiré votre force et votre vaillance qui ne se sont pas démenties un seul moment. Le jour où le médecin a déclaré la présence de la fièvre typhoïde, ce n'est pas le découragement et la douleur qu'on a lus dans vos yeux, mais un éclair de bravoure et de défi semblable à celui qui anime le regard du héros quand on lui crie : Voilà l'ennemi!

Recevez la récompense méritée. Votre fils est sauvé, et c'est dans cette certitude que je me permets de vous adresser cette lettre que vous lirez auprès du convalescent. Elle ne vous sera pas importune ni inutile, j'en suis certain. Elle vient à son temps. Elle servira de transition entre vos heures d'angoisse et les heures tout à fait calmes où vous reprendrez votre existence normale.

Je veux vous parler des faits qui se sont passés pendant les deux mois que vous avez vécu loin du monde. Mais je vous avoue que je suis très en peine pour vous les présenter : ils sont bien dans mon souvenir, mais en tas, confus et pêle-mêle. Je ne pensais nullement à les noter au fur et à mesure de leur apparition pour les classer ensuite. Rien ne me semblait digne d'intérêt tandis que je vous savais si malheureuse, tandis que je suivais les phases de la maladie, tout aux nouvelles de la vie si près de la mort. Ces faits, les voulez-vous tels quels ?

En relisant ma dernière lettre, je m'aperçois que je vous avais signalé le pari de M. de Curzay : couvrir trois mille kilomètres en trente jours avec un cheval attelé. M. de Curzay n'a pu arriver jusqu'au bout. *Rasta*, son cheval, est tombé mort à quelques kilomètres du but. Cette mort survenue inopinément parut étrange à son propriétaire. Pris de soupçons, il fit faire l'autopsie du cadavre. Un chimiste et un vétérinaire constatèrent des traces de poison dans les entrailles.

M. de Curzay n'a pas voulu en rester là ; il a demandé qu'on fît une enquête pour découvrir quelle était la main criminelle qui avait mis fin aux jours de son cheval, et qui lui avait fait perdre un pari pour lequel il avait engagé une certaine somme ; l'enquête se poursuit, on n'en connaît pas encore le résultat.

Un soir, je ne sais plus lequel, je suis allé à une réunion collectiviste, avec Zévaès et Guesde comme orateurs : Zévaès m'a produit le plus déplorable effet : gesticulant et criant, il avait l'air d'un énergumène, d'un fou furieux, pas d'idées, pas de phrases, rien que des mots ronflants et des appels à l'envie et à la haine. Guesde est tout autre : il a le geste sobre, la parole mesurée, son visage régulier, encadré par une grande barbe noire, prévient en sa faveur. Son discours était très logique, sauf qu'il partait d'un principe faux. Pour accepter ses conclusions, il aurait fallu admettre que tous les hommes étaient également intelligents, moraux et robustes. L'inégalité des hommes n'est pas à démontrer, elle est patente, de plus, elle est irrémédiable. Cette inégalité, d'ailleurs, a sa raison d'être : grâce à elle, la création est un chef-d'œuvre devant lequel nous n'avons qu'à nous incliner. Soyons fiers d'y contribuer chacun dans la modeste part qui nous est dévolue. Nous sommes les nuances, les gradations d'un tableau magnifique dans son ensemble. La doctrine du collectivisme est plus qu'une utopie, c'est une monstruosité, une souveraine injustice : mettre sur le même pied le paresseux et le travailleur, l'économe et le prodigue, le fort et le faible !

J'abandonne volontiers la politique qui m'intéresse médiocrement et qui vous intéresse peu, pour vous entretenir de la littérature qui vous intéresse davantage.

Ces deux mois d'hiver ont été très productifs : ils nous ont donné nombre de conférences, pièces de théâtre et œuvres littéraires de toute sorte.

Le roman de M. Corneille, *Le Démon de la chair*, a paru à Paris chez Chamuel. Un millier d'exemplaires a été enlevé en quelques jours.

M. Gaud, à Civray, après une représentation d'*Un Pésan de chez nous*, a fait une conférence dans laquelle il a traité de la décentralisation littéraire et artistique.

De son côté, M. Clouzot, devant un auditoire très nombreux, à Royan, a parlé des *Vieilles chansons en Poitou et dans les Charentes*. A propos de M. Clouzot, je vous dirai que prochainement on représentera à Paris, dans une soirée artistique offerte par la Fouace, une *Revue niortaise* qu'il a faite en collaboration avec M. Bourdeau.

Cette revue nous reviendra un de ces jours.

La Revue Encyclopédique a publié un long et intéressant

article sur le Régionalisme en Poitou. L'auteur de cet article, M. Constant Roy, a soin de révéler au public parisien l'existence des deux principales revues poitevines : le *Mercure Poitevin* et le *Pays Poitevin*, qui contribuent à maintenir le mouvement intellectuel de notre province, mouvement commencé à Niort lors des fêtes Ethnographiques.

La *Revue de Saintonge et d'Aunis*, dirigée par M. Audiat, lauréat de l'Institut, mentionne dans son dernier fascicule, les études de deux de nos compatriotes, M. l'abbé Largeault et de M. H. Clouzot ; la première, sur l'Eglise de Celles, la seconde sur le théâtre en Poitou.

Les numéros littéraires de Noël, du *Mémorial* et de la *Revue de l'Ouest* contenaient des nouvelles et des poésies particulièrement intéressantes cette année.

Je ne passerai pas sous silence deux tentatives théâtrales faites sous les toiles d'une salle de spectacle installée sur la place de la Brèche.

Je n'assistais pas à la première. Si l'on en croit le compte rendu d'un journal, elle n'a pas été heureuse.

Qui sait ? C'est peut-être la main d'un confrère jaloux qui a rédigé ce compte rendu. L'auteur, inconnu, de la pièce, se ralliera probablement à cette hypothèse.

J'ai été spectateur de la seconde première, un acte en vers, intitulé le *Retour d'Yvon*. Placé trop loin des acteurs pour bien entendre et, par conséquent, pour bien comprendre, je ne peux donner qu'une appréciation très relative. J'ai cru m'apercevoir que l'on pleurait tout le temps sur la scène. D'abord, une petite bretonne pleure parce que son fiancé n'est pas là. Un gros Breton pleure parce que la petite Bretonne pleure, puis, un peintre orphelin de père et de mère (le malheureux !) en les voyant pleurer (la petite Bretonne et le gros Breton) pleure également de souvenir. Enfin, à l'arrivée du fiancé, tout le monde pleure de joie et d'attendrissement. J'ai trouvé cela très triste : l'auteur, M. Ensel, qui a du talent, car on l'a applaudi chaleureusement, devrait bien nous écrire une autre pièce où l'on rirait tout le temps, et je trouverais cela très gai.

De la littérature, je passe à la musique. Nos compatriotes, les Niortais, si amateurs d'harmonie, sont satisfaits, ou je ne m'y connais pas, car on leur en a donné pour leur goût. Nous avons eu une suite ininterrompue de concerts : concert pour les employés de chemins de fer, concert de l'*Harmonie*, concert de la *Philharmonique*. Vous saurez que cette dernière a été reconstituée avec M. Joffrion, comme président ; MM. Deladouespe, Cunéo d'Ornano, Frappier, Roulland et de Montarby, comme assesseurs ; M. Tolbecque, président honoraire. Concert de charité pour la reconstruction de l'Eglise du Port, concert de l'*Orphéon*, audition musicale à Saint-Hilaire. Parmi les artistes qui ont exécuté divers morceaux pendant ces concerts, j'ai remarqué les noms de plusieurs de nos concitoyens : M. Calame, le violoniste dont le talent s'affirme de plus en plus parmi nous ; M. Tolbecque ; MM. Déré, père et fils ; M. Paloumet ; Mme Carron Ziegler ; Mme Charlotte Cuirblanc, etc...

Concerts en perspective : celui que nous prépare le 3 février, Mme Saillard-Dietz, la femme de notre compatriote vice-président de l'Ouest artistique, et celui qui ne manquera pas d'originalité, le 26 février, de M. Robuchon fils, dit Merowach, dit l'Homme des Cathédrales.

L'artiste chevelu, le champion des *traditions méconnues*, qui arpente les toits de Notre-Dame avec son *âme gothique*, se propose de nous offrir une séance musicale (mélodies inspirées). M. Robuchon, né à Fontenay, appartient au Poitou. Nous devons nous en féliciter, car il agrémente la pléiade de nos gens d'esprit d'une note tout à fait spéciale.

Des arts, j'arrive à l'industrie, si j'en crois les délibérations du conseil municipal, nous serons bientôt éclairés à l'électricité et nous roulerons en tramway d'un point à l'autre de notre ville.

Madame, vous lisez peut être ce que je vous écris là d'un œil distrait, votre attention est peut être sans cesse attirée sur votre cher malade qui a besoin encore de tant de soins. Je termine : je me ferais un scrupule de dérober une seule parcelle de votre temps si précieux. Lorsque vous jugerez le moment venu de me recevoir, écrivez-moi un petit mot, je m'empresserai d'aller vous voir et de constater le retour de votre bonheur.

Veuillez recevoir tous les souhaits de bonheur que je forme pour vous et les vôtres, souhaits que je n'ai pu vous apporter moi-même, le premier jour de cette année 1899.

Jan Duc

Février 1899.

NIORT, IMPRIMERIE NOUVELLE L. CLOUZOT

www.ingramcontent.com/pod-product-compliance
Lightning Source LLC
Chambersburg PA
CBHW061707180626
46818CB00003B/1298